EL BARCO DE VAPOR

Mi perro Míster

Thomas Winding

sm

Primera edición: mayo 1997
Décima edición: septiembre 2007

Dirección editorial: Elsa Aguiar
Traducción del danés: Leopoldo Rodríguez Regueira

Título original: *Min lille hund Mester og andre dyr*
Editado por primera vez por Host & Sons Forlag, Copenhague, 1998
Editado por acuerdo con Host & Sons Forlag, Copenhague,
representado por ICBS, Skindergade 3 B, DK-1159 Copenhagen K

© del texto: Thomas Whinding und Host & Sons Forlag, Copenhague, 1998
© de las ilustraciones: Wolf Erlbruch, 1996
© Ediciones SM, 1997
Impresores, 15
Urbanización Prado del Espino
28660 Boadilla del Monte (Madrid)
www.grupo-sm.com

ATENCIÓN AL CLIENTE
Tel.: 902 12 13 23
Fax: 902 24 12 22
e-mail: clientes@grupo-sm.com

ISBN: 978-84-348-7122-9
Depósito legal: M-31107-2007
Impreso en España / *Printed in Spain*
Orymu, SA - Ruiz de Alda, 1 - Pinto (Madrid)

Queda prohibida, salvo excepción prevista en la Ley, cualquier forma de reproducción, distribución, comunicación pública y transformación de esta obra sin contar con la autorización de los titulares de su propiedad intelectual. La infracción de los derechos de difusión de la obra puede ser constitutiva de delito contra la propiedad intelectual (arts. 270 y ss. del Código Penal). El Centro Español de Derechos Reprográficos vela por el respeto de los citados derechos.

*Para ti y para Oliver, Louis,
Julian, Nounou, Max,
Isabella y el pequeño que esperamos.*

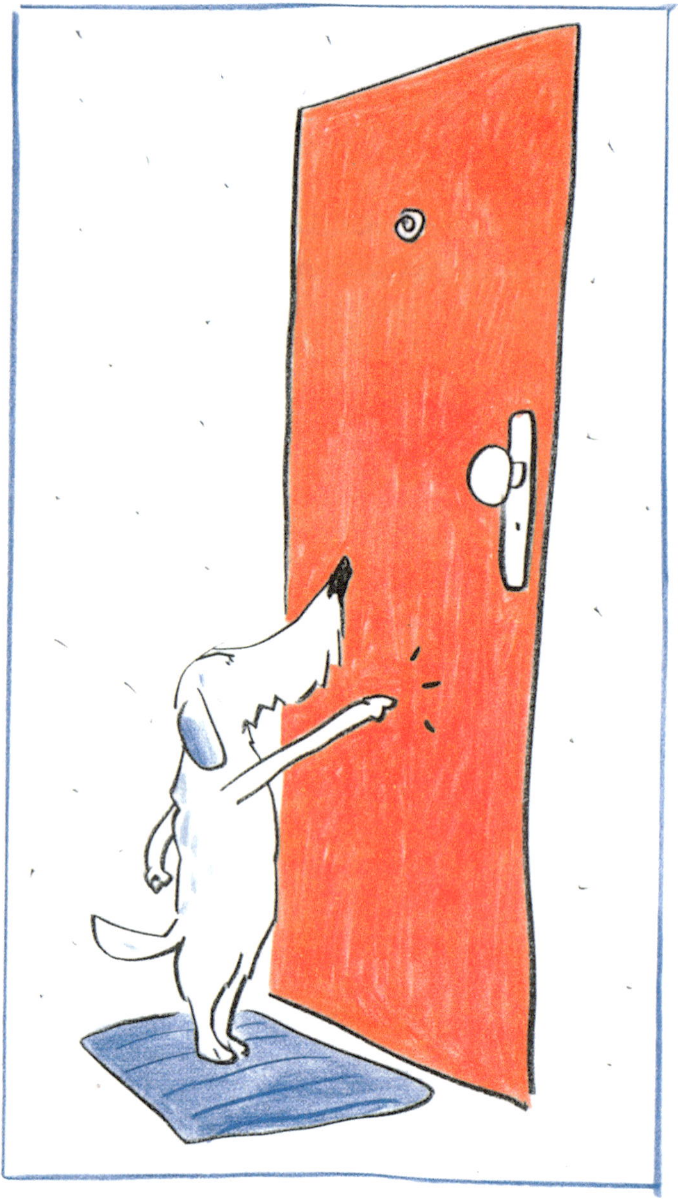

En una ocasión recibí la visita de un perrillo que me dijo que le gustaría vivir en mi casa.

—No me parece en absoluto una buena idea –le respondí yo.

—Claro que es una buena idea –dijo el perro–. Así nos podemos sentar juntos por las tardes y jugar. Y si quieres, puedes llamarme Míster.

—De todas formas, no es una buena idea, porque no tengo tiempo para cuidar un perro.

—Eso es precisamente lo bueno, porque yo tengo muchísimo tiempo y puedo cuidarte a ti –dijo el perro–. ¿Cerramos el trato?

—No, no cerramos nada. Anda, vete a ver si encuentras a alguien al que le gusten los perros.

—¿Sabes una cosa? Llegarías a quererme –comentó el perro.

—Sí, seguramente, pero de todas formas es mejor que te busques otro sitio.

—No, es mejor que me quede aquí. Así me acariciarás el lomo y yo te lameré la nariz, ¿es que no lo comprendes?

—Esas cosas no son para mí. Eso de que me laman la nariz no es algo que me guste demasiado.

—Bueno, también puedo ladrar si vienen extraños.

—No es necesario –le dije–, porque aquí no viene nadie a quien haya que ladrarle. No necesito un perro guardián para nada.

—Ya, pero yo no soy solamente un perro guardián, también soy un perro de aguas –explicó el perro–. Nado muy bien.

—No lo pongo en duda, pero sigo creyendo que los perros huelen fatal. Además, tampoco hay ningún sitio donde puedas nadar. Por aquí no hay lagos ni piscinas, y ni siquiera tengo bañera.

Le di un bocadillo de queso, le dije adiós y cerré la puerta. Pero Míster se quedó sentado fuera con una expresión muy seria.

—¡Te he dicho adiós!

—Ya te he oído, pero sigo creyendo que deberías pensarlo –dijo él, y comenzó a lamerse las patas.

Más tarde, cuando iba a salir a dar un paseo, seguía sentado en el mismo lugar. Y sin pedir permiso, comenzó a andar junto a mí.

—¿Adónde vamos? –preguntó.

—¿Vamos? No vamos a ninguna parte.

Yo voy a dar un paseo, pero no tengo ni la menor idea de adónde vas tú.

—Es que llevo exactamente la misma dirección que tú –me informó Míster–. ¿No te parece estupendo?

Yo vivo en un pueblo pequeño de la campiña, y en las afueras hay sembrados, campos y arboledas. En el centro del pueblo está el almacén de Hokeren, donde puedes comprar cualquier cosa que necesites.

—Ahí dentro seguro que tienen comida y galletas para perros –dijo Míster.

—Posiblemente –dije yo–. Pero ahora voy de paseo.

A continuación caminamos hacia el campo, rodeamos el pueblo y volvimos a mi casa. Míster corría casi pisándome los talones y, cuando abrí la puerta, se coló dentro y empezó a olisquear la nevera.

—Bueno, bueno –dije–. Ya basta.

—Si te refieres al paseo, sí, gracias a Dios –dijo el perro–. ¿Qué hacemos ahora?

Su rabito empezó a moverse a un lado y a otro, y sus orejas se enderezaron apuntando al techo.

—Eres un caradura –le dije.

—Y tú serás muy amable si me dejas vivir en tu casa –aseguró Míster–. ¿Sabes una cosa?

—¿Qué?

—Vas a quererme mucho.

No sé cómo podía saberlo, pero tenía razón, porque lo quiero de verdad.

—¿Dónde vas a dormir? –le pregunté.

—Sí, es cierto. Eso es algo que tengo que pensar –contestó–, porque estoy bastante cansado.

Fuimos a Hokeren y compré un cesto para perros, un cuenco para la comida y una correa. Todo, cosas que no llegamos a utilizar nunca.

Míster no soporta ir con correa, porque

le hace toser. Tira de tal forma que casi se estrangula, sin que sirva de nada que yo le diga que no tire así.

—Anda más despacio, no seas animal –le digo, pero él tira que tira. "Jus, jus, jus", tose sin parar, y da la impresión de que va a vomitar.

Y si nos cruzamos con alguien, siempre piensan que lo trato mal.

—¿No ves que el perro se va a ahorcar? –me dicen.

—Sí –respondo yo–, pero, si lo suelto, saldrá corriendo y puede atropellarlo un coche.

—No me lo creo. Suéltalo antes de que se ahogue.

Así que ahora la correa está colgada en el perchero y ya no la usamos para nada.

A Míster tampoco le gusta el cuenco de la comida. Es de plástico y, cuando lo lame, lo arrastra por el suelo y hace mucho ruido.

Por lo general, lo mete debajo de la cocina y tengo que sacarlo con el mango de la fregona. Prefiere la comida de mi plato.

—De eso, olvídate –le digo–. Mi comida es para mí y quiero comerla yo.

—Ya; yo solamente quiero olerla.

—Pues ni se te ocurra. Andas metiendo el hocico en todas partes, y no quiero que vengas ahora a meterlo en mi comida. Si tienes hambre, come lo que hay en tu cuenco.

—Eso ya me lo he comido.

—Bueno, pues ahora déjame comer a mí en paz.

—Pero tengo hambre.

—Los perros siempre tienen hambre –le digo–. No importa cuánto hayan comido, siempre quieren más.

—Pero yo no soy solamente un perro –dice Míster–. También soy tu colega. Tú mismo lo has dicho.

Y es cierto. Míster se ha convertido en un verdadero amigo. Es mi mascota, mi perro sucio, mi perro dormilón, mi perro corredor y mi perro de circo. Es un glotón, un enredador y, en cierto modo, mi perro cantarín. No es todo eso al mismo tiempo, sino unas veces una cosa, y otras, otra, claro.

Sí, todo eso es cierto, pero por encima de todo es mi mejor amigo.

Así que un día decidí ponerle un sitio en la mesa, pues, como ya he dicho antes, no puedo soportar que me ande mendigando comida cuando me siento a comer. El caso es que preparé la mesa para los dos. Míster tuvo su propio plato, su tenedor y su cuchillo, y su propia silla. Le até una servilleta al cuello y le di exactamente la misma comida que iba a comer yo. ¿Creéis que eso lo contentó? No, ni mucho menos. Comió a toda prisa. Yo todavía no había tenido tiempo de comer una patata cuando él ya había terminado con su plato. Carne y patatas desaparecieron en menos de un segundo.

—¿Estaba bueno? –le pregunté.

—Me ha sabido a poco –dijo Míster.

—Pues no hay más. He dividido la comida en dos raciones exactamente iguales. Yo no voy a comer más que tú.

—¿De verdad puedes vivir comiendo tan poco?

—Desde luego; y tú, también –le dije.

—Oy, oy, oy –dijo Míster–. Oy, oy, oy...

—No te servirá de nada lamentarte, porque no hay más.

—No, si yo lo comprendo; el que no lo comprende es mi estómago –dijo Míster.

—Pues dile a tu estómago que deje de lamentarse.

—Es que no lo comprende –dijo Míster mirándome afligido.

—Deja de mirarme a mí y a mi comida. Date un paseo mientras como.

—Oy, oy...

—¿Ha sido tu estómago el que ha dicho "oy"?

—No. Mi corazón.

—¿Y por qué?

—Porque mi corazón no puede creer que tú me hagas sufrir –dijo Míster.

—Eso no es cierto; sabes que te quiero, que eres mi querido perrito Míster.

—Bueno, sí; pero tienes que reconocer que en esta casa no es mucho lo que se come –se quejó Míster.

Entonces me enfadé.

—¡Ya basta! –dije–. ¡Vete ahora mismo a tu cesto!

—Es que...

—¡Vete ahora mismo a tu cesto! ¡Vamos!

Míster se fue a su cesto, y se echó con el hocico apoyado en el borde. Parecía más pequeño, débil y desolado. Le volví la espalda y traté de ignorarlo. Pero, aunque lo intenté, no pude dejar de pensar en él y fui incapaz de gozar de mi comida.

Por la noche saltó a mi cama.

—Míster, no puedes hacer eso.

—¿El qué? –preguntó.

—No puedes acostarte en mi cama. No quiero tener un perro enredado en mi manta. No quiero coger pulgas.

—¿Quién tiene pulgas? –preguntó Míster.

—Tú tienes pulgas... Quizá no las tengas hoy, pero puedes tenerlas otro día. Entonces saltarás a la cama, porque estarás acostumbrado a hacerlo, y me las pegarás a mí.

—¿Cómo voy a acostumbrarme a saltar a tu cama si nunca me dejas hacerlo? –preguntó Míster.

—No, porque eso es lo que no quiero que hagas. No quiero que te acostumbres a acostarte en mi cama.

—Oy, oy...

—Eso, laméntate, pero vete a tu cesto.

—Si me dejas dormir esta noche en tu cama, mañana dormiré en mi cesto.

—No, no quiero dormir con un perro en mi cama.

—Hummm –dijo Míster, y se quedó pensativo–. Si no te parece bien que durmamos en tu cama, podemos hacerlo en el sofá.

—¡No, no y no! Yo dormiré en mi cama, y tú dormirás en tu cesto.

—¿En mi cesto?

—Sí, eso es, en tu cesto.

—¿He hecho algo? ¿Estás enfadado conmigo?

—¿Qué quieres decir?

—Es que cuando nos hemos sentado a comer en la mesa, de pronto te has enfadado y me has mandado a mi cesto, ¿no lo recuerdas?

—Sí, pero ahora no estoy enfadado contigo. Simplemente te digo que vayas a dormir a tu cesto.

—Entonces es que estás enfadado.
—No, no estoy enfadado. Buenas noches.
—Oy, oy...

Míster se fue despacio a su cesto. Era como si no pudiera encontrarlo. Olió una silla, olió la nevera y dio un par de vueltas sobre sí mismo. Naturalmente, olió el sofá, y después se fue al cesto y lo miró durante mucho tiempo.

—Oy, oy...

Hice como que no lo oía.

—Buenas noches, socio.

—Sí, tú sí que puedes decir eso de buenas noches –murmuró mientras yo me dirigía a mi dormitorio.

Un poco después, escuché mucho jaleo. Era como si la casa se estuviera viniendo abajo. Entonces, me levanté y fui a ver qué pasaba.

—¿Qué está sucediendo aquí?

—Nada, solamente estoy tratando de preparar la cama –dijo Míster.

Arrastraba por el suelo la manta que solía tener en el cesto. Como si intentara doblarla o envolverse en ella.

—¿Te estás preparando la cama? Me parece buena idea.

—Sí, pero no sirve de nada –dijo Míster–. Nunca estará tan mullida como un sofá.

—Escucha una cosa, amiguito. ¿Recuerdas cuando viniste y preguntaste si podías vivir en mi casa?

—Sí.

—¿Recuerdas que dijiste que serías un perro bueno y que me cuidarías?

—Sí.

—Y ahora te comportas como si fuera yo quien tiene que ocuparse de ti.

—No, yo quiero ocuparme de ti. Pero ¿cómo puedo ocuparme de ti si tú estás en tu cama mullidita y yo estoy en este cesto tan duro?

—De acuerdo, vete al sofá. Pero sólo esta noche. Mañana dormirás en tu cesto.

—De acuerdo –dijo Míster–. Pero deja entornada la puerta de tu dormitorio.

—¿Por qué?

—Porque si no lo haces, no podré ocuparme de ti. ¿No te das cuenta?

—Eso es cierto –le dije–. Que duermas bien.

Me fui a la cama, y cuando me desperté a la mañana siguiente, Míster estaba a mis pies.

—¿Qué haces aquí? ¿No te dije que te quedaras en el sofá?

—Sí, pero tendrías que darme las gracias –dijo Míster.

—¿Por qué?

—Por haber cuidado de ti.

—¿No podías haberlo hecho desde el sofá?

—Sí, desde luego; pero oí una mosca, y parecía que estaba en tu habitación. Entonces pensé: "Y si se posa en la nariz de Thomas y lo despierta, sería una pena".

—Y cazaste la mosca.

—No, porque no la encontré, y eso que estuve mirando un buen rato tu nariz, la almohada, la manta y la pared. Pero había desaparecido.

—¿Y entonces, qué?

—Estaba mirando a los pies de la cama y me quedé dormido.

Se le puede enseñar a Míster que no debe dormir en el sofá, se le puede enseñar que no debe mendigar comida. No es ningún problema decirle que no debe sacudir su cuerpo mojado y lleno de barro en el salón. Sí, a mi perro se le puede enseñar cualquier cosa.

Pero, de todas formas, a veces se acuesta en el sofá y a veces anda mendigando comida alrededor de la mesa, y ya he aceptado que se sacuda en medio del salón.

—Mira, o eres tonto o eres un caradura –le dije una vez–. ¿No te he dicho que eso estaba prohibido? ¿No has aprendido todavía lo que puedes y lo que no puedes hacer?

—Sí que lo he aprendido –respondió Míster–, pero es que a veces no me acuerdo.

Desde que Míster llegó a casa, he aprendido muchas cosas sobre perros y otros animales. Hay miles de cuentos de animales. Zorros descarados, liebres, loros, leones, lobos y tortugas que se engañan, se estafan y se cazan unos a otros. Pero hay pocas historias de animales en las que se comporten correctamente unos con otros, se ayuden y sean buenos amigos entre sí.

—¿No me digas? –me dijo Míster una vez–. ¿Es eso cierto? ¿Quién ha escrito esos libros?

—Distintas personas de África, India, América, Irán, China y otros países.

—¿Personas? Sí, claro, ya me imaginaba que esos libros no estaban escritos por animales. Pero dime una cosa, ¿quién escribe los periódicos?

—También los escriben personas –le expliqué.

—Pues ahí está la cuestión –dijo Míster–. ¿No están los periódicos llenos de historias de hombres que se mienten unos a otros, se roban o se hacen la guerra?

—Sí, eso es cierto.

—Ya lo ves –dijo Míster–. Los hombres no se aman y entonces creen que los animales somos igual de desagradables.

Y mientras hablaba, Míster se subió tranquilamente al sofá y se acostó.

—Eh, eh… –le avisé.

—"Eh, eh", qué. ¿Es acaso mentira lo que digo?

—No, no es mentira; pero no puedes subirte al sofá.

—Ah, lo había olvidado –dijo, y puso una cara tan graciosa que no me atreví a echarlo–. Si quieres, puedes contarme una de esas historias de personas…

—Historias de animales –le corregí.

—Llámalas como quieras.

—Puedo contarte una sobre un mono y una tortuga, y la llamo historia de animales.

BUENOS MODALES

Había una vez un mono y una tortuga que eran buenos amigos.

—Mañana es mi cumpleaños, y puedes venir a visitarme –dijo el mono–. Haremos una gran fiesta para monos, pero tú puedes venir. Tendremos plátanos, mangos, nueces, higos y naranjas. Será estupendo.

Aquello sonaba bien. La tortuga empezó a relamerse y al día siguiente salió toda contenta. Salió muy temprano, porque las tortugas caminan muy lentas.

Cuando llegó, vio en el suelo un montón enorme de nueces y otras frutas, y a los monos, sentados en un árbol, comiendo.

—Coge algo y sube con nosotros –dijo el mono.

—Oh, eso no puedo hacerlo –explicó la tortuga–. Nunca aprenderé a subirme a los árboles.

—Pues tienes que aprender, porque siempre hacemos así las fiestas. Cogemos las cosas en el suelo y subimos al árbol a comérnoslas.

—¿Es necesario hacerlo así? –preguntó la tortuga.

—Totalmente necesario –dijeron todos los monos–. Aquí tenemos muy en cuenta los buenos modales.

Entonces, la tortuga se esforzó para lograr subir al árbol, lo que le llevó varias horas. Mientras, los monos saltaron abajo y arriba hasta acabar con toda la comida y dejarla a ella sin nada.

—Espero que lo estés pasando bien –dijo el mono.

—Sí, gracias –dijo cortésmente la tortuga, a pesar de estar muerta de hambre.

Algún tiempo después, iba a ser el cumpleaños de la tortuga y pensaba invitar al mono.

—Pero recuerda que has de tener las manos limpias cuando vengas, pues así lo hacemos en mi casa.

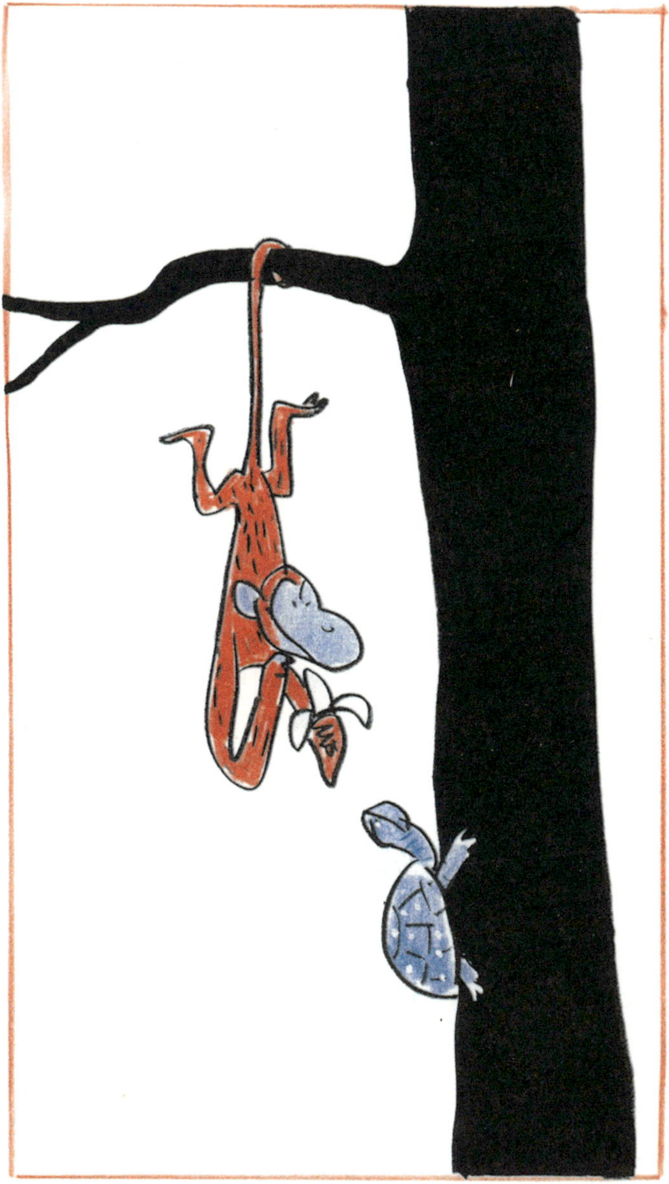

—No te preocupes por eso –la tranquilizó el mono.

Y cuando llegó el día, el mono se frotó y refrotó las manos hasta dejarlas totalmente limpias. Pero sucede que los monos utilizan manos y pies para andar, por lo que les resulta muy difícil tener los dedos limpios. Eso lo sabía la tortuga, y esparció una buena cantidad de barro y basura alrededor de su casa. En cuanto el mono entró en la casa, ya tenía las manos sucias.

—Atiende un momento –le dijo la tortuga–. Habíamos hecho un trato: dijimos que vendrías con las manos limpias, y las tienes sucias.

—Oh, lo siento –dijo el mono–. Tienes que perdonarme. Iré un momento al río a lavarme.

Se fue, se lavó las manos y volvió, pero tuvo que pasar por la suciedad y se manchó otra vez.

En la casa de la tortuga había un montón de comida deliciosa y el mono tenía hambre, pero no podía hacer nada. Tuvo que volver al río a lavarse, y así estuvo todo el día. Se lavaba, se manchaba, se lavaba, se manchaba...

Y mientras tanto, la tortuga y sus amigas tortugas acabaron con toda la comida.

—No sabía que las tortugas fueran tan inteligentes –comentó Míster–. Cuéntame otra historia.

—Mmm... ¿Sabes la de la tortuga y el zorro del desierto? Se llama:

LA LECCIÓN DE CANTO

Había una vez una pequeña tortuga que vivía en la orilla de un gran lago. De día dormía, ya que el sol calentaba tanto que quemaba y la tortuga no podía soportar estar seca. Pero de noche nadaba de un lado a otro y mordisqueaba nenúfares y otras plantas. Por las mañanas, antes de salir el sol, volvía a tierra y buscaba algo de comer.

Una mañana, cuando la tierra todavía estaba húmeda del rocío y la escarcha, la pequeña tortuga fue a dar un largo paseo. Encontró un montón de cosas que comer, y también encontró un montón de cosas que nunca había visto. Y como quiera que era muy curiosa, siguió su paseo hasta que, ya lejos del lago, se dio cuenta de que el sol estaba en lo alto. Hacía demasiado calor para volver y la pequeña tortuga se cobijó debajo de una gran roca y lloró y lloró.

Un zorro del desierto, que se había desviado varios kilómetros, oyó a la tortuga y creyó que era alguien que estaba cantando.

"Qué melodía tan bonita –pensó–. Me gustaría aprenderla."

Y siguiendo el sonido, encontró a la tortuga bajo la roca.

—Es una canción muy bonita –dijo el zorro–. Tienes que enseñármela.

—No estaba cantando –dijo la tortuga secándose una lágrima.

—Sí que lo hacías, te he oído –afirmó el zorro–. No puedes mentirme. Era una canción muy bonita y quiero aprenderla.

—No hay nada que aprender –dijo la tortuga.

—Vamos –ordenó el zorro–. Cántala de una vez si no quieres que te coma.

—No puedes; mi caparazón es duro y afilado y te haría daño en el estómago.

—Entonces, enséñame la canción o te pongo al sol para que te abrases –dijo el zorro.

—Eso no me hará nada, porque me ocultaré dentro del caparazón –mintió la tortuga.

—Pues te llevaré al lago y te tiraré en

él para que te hundas en el agua. Enséñame la canción si no quieres que te ahogue.

La tortuga simuló estar muy asustada.

—Oh, no, eso no..., en el lago no. No sé nadar. Prométeme que no me tirarás al lago.

Pero el zorro estaba muy enfadado y sacó a la tortuga de su cobijo, la llevó hasta el lago y la tiró al agua.

—Canta si no quieres que deje que te ahogues –dijo el zorro.

La tortuga se apresuró a nadar hasta el centro del lago, donde el zorro no podía alcanzarla, y gritó:

—¡Gracias por tu ayuda, señor zorro! ¡El lago es mi casa y me acabas de salvar la vida!

El zorro se dio cuenta de que se había burlado de él y lanzó un lamento tremendo.

—Mira, ya has aprendido –exclamó la tortuga–. Tu canción es maravillosa.

—¡Estupendo! –dijo Míster–. No sabía que las tortugas fueran tan inteligentes.

—Pues ya ves. Seguramente se debe a que tienen mucho tiempo para pensar. O quizá sea porque andan tan despacio que no pueden escapar de los otros animales y se ven obligadas a idear cosas.

—Quizá –dijo Míster–. Cuéntame otra historia, pero que sea también de una tortuga.

—¿Otra? Está bien, pero será la última. Es sobre cuatro amigos, y sucede en un país que se llama India, donde hay bosques y desiertos enormes y montones de animales salvajes.

—¿Qué son animales salvajes?

—Son animales que no viven con los

hombres, sino que viven en la naturaleza y se buscan la comida por sí mismos.

—¿No me digas? –se asombró Míster–. Entonces, ¿no se pueden acostar nunca en el sofá?

—No, claro que no. Ningún animal puede hacerlo, ni siquiera tú.

—Sí, es cierto, lo había olvidado.

—Está bien, vamos con la historia de:

LOS CUATRO AMIGOS

Había una vez una rata, un cuervo y una tortuga, sentados tranquilamente a la orilla de un lago. De pronto, apareció un ciervo corriendo a toda velocidad.

—Seguramente lo persigue un cazador –opinó la tortuga–. Vamos a escondernos antes de que llegue.

La rata corrió a ocultarse a su madri-

37

guera, la tortuga se metió en el lago y el cuervo voló a lo alto de un árbol.

Entonces, el ciervo se paró, miró a su alrededor, se dio cuenta de que el cazador ya no lo seguía y comenzó a olfatear el agua del lago. La tortuga asomó la cabeza y le dijo:

—Puedes beber, amigo mío, no está envenenada.

—Gracias –dijo el ciervo–. El cazador me perseguía, pero he logrado escapar y ahora tengo sed, pues he corrido muchas horas.

—¿Sabes una cosa? –dijo la tortuga–. Puedes vivir con nosotros. Aquí no creo que te encuentre el cazador.

Así lo hizo el ciervo, y los cuatro amigos se lo pasaban muy bien. El cuervo cogía nueces y bayas, el ciervo, lechugas, la rata cocinaba y la tortuga se encargaba de lavar.

Un día en que el ciervo había ido lejos,

lamentablemente cayó en una trampa que había preparado el cazador. La trampa era una gran red y el ciervo no podía liberarse.

Los otros tres amigos tenían hambre y se preguntaban adónde habría ido el ciervo, así que se pusieron a buscar. La rata se introdujo en el bosque y la tortuga recorrió el lago. El cuervo voló alto y desde el aire vio al ciervo prisionero de la red del cazador. También vio al cazador, que dormía bajo un árbol un poco más lejos.

—¿Qué podemos hacer? –preguntó el cuervo.

—Sí, ¿qué podemos hacer? –preguntó la rata.

—Escuchadme todos –dijo la tortuga–. Tú, mi querida rata, corre a roer la red para que el ciervo quede libre, y tú, mi querido cuervo, llévame volando y déjame sobre el vientre del cazador.

—¿Y qué vas a hacer allí? –preguntó la rata.

—Lo distraeré mientras sueltas al ciervo, pero cuando hayas roído la red, tienes que venir a ayudarme, porque lo más seguro es que esté metida en una bolsa y no pueda salir.

—Suena extraño –dijeron el cuervo y la rata, pero hicieron lo que había dicho la tortuga.

La rata se apresuró a roer la red, pero el tejido era muy fuerte y le costaba trabajo hacerle un agujero.

—Ram, ram, ram –roía–. Tengo que conseguirlo –decía la rata.

—Date prisa, date prisa –decía el ciervo–. Antes de que venga el cazador…

Pero el cazador no iba, porque estaba ocupado con la tortuga, que, tan pronto como la había dejado el cuervo en el estómago del cazador, se había arrastrado hasta llegar a morderle en la nariz. Y allí se quedó, apretando cada vez con más fuerza a medida que subía el tono de los gritos del cazador. No importaba cuánto saltara, sacudiera la cabeza o braceara el hombre, la tortuga no se soltaba. Sólo cuando consideró que ya había pasado tiempo suficiente, la tortuga soltó su presa y cayó al suelo.

—Ajá, ahora te tengo, condenada –dijo el cazador, y cogió al animal–. Te voy a meter en una olla para prepararme una buena sopa.

—Ummm, así que vas a hacer sopa –dijo la tortuga–. Eso suena bien, pero ¿qué sucederá con el ciervo que has cazado en la red?

—¿Cómo? –dijo el cazador–. ¿He cazado un ciervo? Entonces, la sopa tendrá que esperar.

Y exactamente como había dicho la tortuga, el cazador la metió en una bolsa que cerró con una cuerda para que no pudiera escapar.

Mientras tanto, el ciervo, que había quedado libre, corrió junto con la rata al escondite del lago. El cuervo voló para ver cómo le iba a la tortuga, pero lo único que encontró fue una bolsa. Entonces, escuchó la vocecita de la tortuga:

—Date prisa en llevarme volando a casa. Estoy dentro de la bolsa y tengo un montón de regalos.

El cuervo levantó la pesada bolsa, y con gran esfuerzo consiguió llegar a su escondrijo, pero no sin tener que descansar varias veces. Primero voló cien metros y se paró en una roca a descansar, y dijo:

—¡Bufff!

—¿Quieres un poco de pan? –se oyó desde dentro de la bolsa.

—No, ahora no –respondió el cuervo.

—Entonces sigue volando.

El cuervo voló doscientos metros y volvió a posarse sobre una roca, y dijo:

—¡Bufff!

—¿Quieres unos higos? –se oyó desde dentro de la bolsa.

—No, ahora no –respondió el cuervo.

Y echó a volar de nuevo, sin parar hasta llegar al escondrijo del lago donde estaban los otros amigos.

—¿Queréis unos plátanos? –se oyó desde dentro de la bolsa.

—No, ahora no –dijeron a coro la rata, el ciervo y el cuervo.

—Entonces, sacadme de aquí –dijo la tortuga.

La rata royó la cuerda y la tortuga salió y les enseñó toda la deliciosa comida que el cazador había metido en la bolsa. Así que hicieron un gran festejo y comieron satisfechos.

Y el pobre cazador se quedó sin nada. Primero encontró la red, que estaba hecha pedazos. Luego, volvió para hacer la sopa de tortuga y se encontró con que había sido engañado por partida doble.

—¿Y ahora, qué? –preguntó Míster.

—Ahora te bajas del sofá, y no quiero volver a verte subido en él.

—Pues si no quieres verme –dijo Míster–, date la vuelta y mira para otro lado.

Mi perrillo Míster es blanco con manchas marrones y negras. Tiene unos ojos tan inteligentes y me sonríe de tal forma que me hace partir de la risa.

Justo ahora me mira y sonríe, pero yo estoy enfadado.

—¿Qué haces en mi cama?

No me contesta. Está a mis pies y se ha metido bajo la manta, de forma que sólo le asoma la cabeza. Tengo que preguntarle lo que hace aquí, ya que no le he dado permiso.

Tiene su cesto y cuando ayer le di las buenas noches estaba en él, pero por la noche se fue arrastrando silencioso, cauteloso, y ris, ras, ris, ras, se subió a la cama. ¡El muy condenado! Sabe perfectamente que no quiero perros en mi cama.

Me parece una cochinada. Los perros se meten en todas partes, y Míster es un verdadero guarro. Le encanta revolcarse por el barro, meterse en los charcos y en todas partes donde hay suciedad, y a pesar de que le he dicho que no lo haga, se pasea por el estiércol de mi vecino, que es granjero. Por lo visto le parece que es una especie de perfume con un olor delicioso.

Odia que lo laven, pero ¿qué voy a hacer? Tengo una bañera infantil para bañarlo y, tan pronto como me ve llenarla de agua, se esconde debajo del sofá para que no lo encuentre.

—Ven aquí, que te voy a dejar bien limpio –le digo.

—El jabón apesta –chilla Míster.

—Entonces no usaremos jabón, pero es necesario lavarte.

—¿Por qué?

—Porque no tardarás en subirte a algún mueble y ésos no puedo lavarlos.

—¿Podré entonces subirme al sofá?

—Desde luego que no, aunque sé que lo harás de todas formas.

—Y si prometo no volver a subirme al sofá, ¿me libraré del baño?

—No –le digo–. Hueles mal y tengo que bañarte.

—Eres malo –dice él–. Creo que no soportas a los perros pequeños como yo.

—Sí, claro que los soporto, sobre todo a ti cuando estás limpio y hueles bien.

—¿Cómo puede uno oler bien cuando no huele a nada? –pregunta Míster.

—Siempre hueles a algo. Cuando estás limpio hueles a perro, pero ahora hueles a basura y estiércol.

—Yo creo que huelo bien –se empeña en decir, pero lo baño igual.

—Ahora estate quieto, verás cómo te gusta el agua –le digo–. Y cuando acabe de lavarte, te leeré otra historia de animales.

—Sí, eso es lo que tú dices; pero yo digo que son historias de hombres, porque están escritas por hombres que lavan animales.

—¿De verdad crees eso? Muy bien, te

contaré una historia sobre una princesa que se casó con un cerdo.

—¿Un cerdo? Eso suena bien –dice Míster. Da un salto y se sube a mis brazos, mojándome toda la ropa.

—¡Eh, tú, cerdo!

—Yo no soy un cerdo. El que va a hablar de un cerdo eres tú –dice–. Si no te importa, me gustaría estar a tu lado en el sofá mientras lees.

EL CERDO Y LA PRINCESA

Había una vez un rey que tenía tres hijas a las que quería mucho. En una ocasión en que tenía que ir de viaje, les preguntó si había algo que desearan.

—Sí –dijo la mayor–. Me gustaría tener una falda de oro.

—A mí me gustaría tener una falda de plata –dijo la mediana.

—¿Y a ti qué te gustaría? –le preguntó el rey a la más pequeña, que no había dicho nada.

—Lo estoy pensando –respondió ella–. Sí, me gustaría pedirte unas uvas que hablen, unas manzanas que sonrían y unos albaricoques que suenen como campanillas.

—Bueno, ya veremos cómo lo hago –dijo el rey, y se fue de viaje.

En su viaje llegó a la ciudad más grande del mundo, donde había millones y trillones de tiendas. Allí compró una preciosa falda de oro y una maravillosa falda de plata, pero no encontró uvas habladoras, ni manzanas sonrientes, ni albaricoques que sonaran como campanillas.

El rey buscó y buscó durante varios días, pero no había nadie que tuviera esas frutas.

Para empeorar las cosas, en el camino de vuelta a casa, su carroza se atascó en un barrizal. Los caballos tiraron y tiraron, pero la carroza no se movía.

En medio del barro había un cerdo enorme, totalmente cubierto de fango.

—Gruñ, gruñ –dijo–. Si me dejas casarme con tu hija pequeña, te sacaré del barro.

El rey debía de estar harto de tanto tirar y tirar, porque contestó:

—De acuerdo, pero sácame del barrizal.

Inmediatamente, el cerdo le dio un buen empujón a la carroza y el rey volvió al camino.

"¡A quién se le ocurre haber aceptado ese pacto!", pensó el rey.

—Ya nos veremos –dijo el cerdo–. Estoy impaciente.

Cuando llegó a casa, el rey tuvo que contarle aquello a su hija pequeña.

—Ha sucedido algo terrible –le dijo–. No he encontrado uvas que hablaran, ni manzanas que sonrieran, ni albaricoques que sonaran como campanillas, pero le he tenido que prometer a un cerdo cubierto de barro que te casarías con él.

La princesa lloró y lloró, pero no había nada que hacer, pues cuando un rey promete algo, tiene que cumplirlo.

Pronto llegó el cerdo, enorme y sucio, y se llevó a la princesa en una carretilla vieja. La condujo a su pocilga, la sentó en el barro y le dio maíz, pero ella se negaba a comer.

Cuando llevaba llorando más de dos horas, el cerdo le dio un beso con el hocico y se echó a dormir. La princesa estaba tan cansada de llorar que se quedó profundamente dormida también.

Y cuál no fue su sorpresa al despertarse, pues se encontró en una cama blanda y enorme, en una habitación lujosísima de un magnífico castillo, y en el borde de la cama estaba sentado un joven príncipe que la contemplaba.

—¿Quién eres tú? –preguntó la princesa.

—Soy tu cerdo –dijo él–. En un tiempo, hace muchos años, un brujo me convirtió en cerdo por haberme burlado de él, y dijo que sería un cerdo hasta que una princesa se casara conmigo.

Luego, la tomó de la mano y la llevó al

jardín del castillo, donde había tres árboles prodigiosos: uno con uvas parlantes, otro con manzanas sonrientes y otro con albaricoques que sonaban como campanillas.

—Qué cosa tan rara –dice Míster.

—Bueno, es un cuento, y en los cuentos las manzanas pueden sonreír.

—No, me refiero a la pocilga. ¿Por qué no se quedaron a vivir en ella?

—Porque les gustaba más vivir aseados y limpios.

—Ya lo ves, se trata de una historia de personas.

—Lo que quieras; pero si vivieras en una pocilga no podrías subirte a mi sofá.

—Tampoco me dejas aunque esté limpio.

—No, pero ahora estás en él.

—Sí, pero es porque estoy limpio y te

caigo bien. Pero dime ahora lo que sucedió. ¿No volvió el rey a ir de viaje?

—No lo sé, la historia se acaba ahí. Pero sé otra sobre un mercader que viajaba en camello. ¿Quieres oírla?

—No me preguntes y cuéntala.

EL PÁJARO QUE RECIBIÓ EL CONSEJO ADECUADO

Había una vez un hombre en Persia que tenía un pájaro muy hermoso. Era amarillo y rojo claro, y las largas plumas verdes de su cola tenían reflejos dorados. Su canto era maravilloso y el hombre lo quería tanto que lo tenía en una gran jaula en su habitación. Al pájaro aquello no le gustaba demasiado y preguntaba muchas veces si no podría salir a volar un rato por el jardín.

—No, lo siento –le respondía el hombre–. No me atrevo, porque podrías escaparte y yo me quedaría muy triste.

—Te prometo que no me escaparé –decía el pájaro.

—No, no –repetía el hombre–. Tienes que quedarte en tu jaula.

Se trataba de una especie de mercader. No tenía tienda, pero viajaba por muchos países y compraba cosas que luego vendía en otros lugares. Tejidos suaves para vestidos, jabón que olía a flores, peines de plata y muchas otras cosas.

Viajaba en camello y detrás llevaba otros veinte camellos con todas las mercancías que compraba.

El pájaro, que era de la India, añoraba su casa. Sabía que el mercader iba a la India y le preguntaba siempre si podía llevarlo. Pero el hombre respondía que no.

—Puedo ir en uno de los camellos, dentro de la jaula –proponía el ave.

—No, es mejor que te quedes aquí –decía el hombre.

Entonces, el pájaro enfermó. Dejó de cantar y las preciosas manchas doradas de su cola verde desaparecieron. El hombre se apenó por eso, pero no se atrevió a dejarlo salir de la jaula.

Un día el mercader iba a salir otra vez de viaje a la India y le preguntó al pájaro si quería que le trajera algo a su vuelta.

—Dime lo que deseas e intentaré conseguirlo.

El pájaro lo pensó un largo rato y dijo:

—Cuando llegues, vete al gran bosque y trata de encontrar a mi familia. Diles que estoy enfermo y que he perdido el color de la cola. Pregúntales si pueden ayudarme con un buen consejo.

—Muy bien –dijo el hombre–. ¿De verdad no quieres otra cosa?

—No; si no puedo salir de mi jaula, no deseo otra cosa –dijo el pájaro.

El hombre se marchó y estuvo fuera varios meses. Compró muchos objetos a buen precio para volver con ellos a casa y venderlos mucho más caros, y eso le hizo estar muy satisfecho. Pero no olvidó lo que le había prometido a su pájaro, y el último día que pasó en la India se fue al gran bosque y buscó a la familia.

En las profundidades del bosque encontró un pájaro que se parecía mucho al suyo. Cantaba igual de bien y tenía los mismos hermosos colores.

—Hola –le dijo el mercader–. ¿Puedes darme un buen consejo? Tengo un pájaro parecido a ti en casa y está muy enfermo. Vive en una gran jaula en mi habitación. Antes tenía un canto muy hermoso, y unas bellísimas manchas doradas en la cola, pero ahora no suelta ni un sonido y ha perdido sus colores. ¿Qué puedo hacer?

El pájaro, que estaba posado en un árbol, no dijo nada; pero de pronto cayó al suelo, muerto.

El hombre se asustó mucho; pero, después de escuchar un rato, oyó el canto de otro pájaro que también se parecía al suyo y le preguntó si tenía un buen consejo que darle.

Y volvió a suceder lo mismo: aquel pájaro también cayó muerto. ¡Bumba!, se desplomó sobre la hierba y quedó inmóvil. El mercader se sintió mal y no volvió a preguntar a más pájaros si podrían darle un buen consejo. Se montó en su camello y emprendió el camino de vuelta con todos sus paquetes.

El pájaro le esperaba en su jaula.

—¿Has encontrado a mi familia? –preguntó.

El mercader no sabía qué responder.

—¿No recuerdas lo que me habías prometido? –le dijo el pájaro.

—Sí, pero sucedió algo que no comprendo –dijo el mercader–. Primero le pedí consejo a un pájaro y ¡bumba!, cayó muerto del árbol. Luego le pregunté a otro pájaro... y ¡bumba!, también cayó muerto. No acabo de comprender lo sucedido.

Tan pronto como su pájaro oyó lo que le decía, ¡bumba!, cayó de su palo, muerto, al fondo de la jaula. El hombre se echó a llorar.

—No lo entiendo, no lo puedo entender –decía.

Abrió la jaula y tomó el cuerpo del pájaro en sus manos. De pronto, el animal revivió, salió volando por la ventana y fue a posarse en la rama más alta de un árbol.

—Sigo sin comprender nada –dijo el mercader.

—Tú no, pero yo sí –explicó el pájaro–. He recibido el buen consejo que estaba esperando.

¡Bumba... zas! De pronto, Míster está en el suelo.

—¿Qué sucede? ¿Te has caído?

—No, simplemente estoy haciéndome

el muerto –dice–. Pero si no tienes nada en contra, me gustaría volver al sofá.

—¿No te parece que ya has estado bastante en él?

—¡Nooo...! ¿Puedes contarme otra historia?

—Está bien, te contaré una sobre tres ratones muy listos.

LANAS Y LOS TRES RATONES LISTOS

Había una vez tres ratones que iban de paseo.

Caminaron y caminaron hasta que por fin llegaron a la orilla de un río, donde dormía el gato Lanas. Había estado cazando ratones toda la noche y ahora estaba tan cansado que ni gritos ni truenos habrían podido despertarlo.

Los tres ratones creyeron que Lanas estaba muerto y se alegraron mucho, pues siempre los andaba molestando.

—Podríamos arrancarle su preciosa piel para hacernos unos jerséis con ella –propuso uno.

—¡Sí! –gritaron los otros–. Le quitaremos los pelos uno a uno y nos los llevaremos a casa.

Y mientras lo hacían, cantaban:

> *¡Lanas muerto está!*
> *¡Lanas muerto está!*
> *¡Viva, viva, viva!*
> *¡Su piel nuestra será!*

Raparon y raparon hasta no dejarle ni un pelo, y después se llevaron el montón a la ratonera. Cuando el gato se despertó y vio lo que había sucedido, ya te puedes imaginar que no se alegró demasiado. No se puede decir precisamente que estuviera enfadado, lo que estaba es ¡hecho una furia!

Gritó, chilló y saltó de un lado a otro. No le resultó difícil imaginar quién le había robado el pelo, pues había restos a lo largo de todo el camino hasta la casa de los ratones. Lanas metió una zarpa en la ratonera y gritó:

—¡Salid inmediatamente y decidme dónde está mi pelo!

Inmediatamente se asomó un ratón y dijo:

—¿Qué sucede?

—¿Me has robado tú la piel?

—Oh, no, seguramente ha sido mi hermano –dijo el ratón.

Y corrió a subirse a un árbol. Lanas se puso a cavar en la ratonera con las dos zarpas y no tardó en descubrir a otro ratón.

—¿Me has robado tú la piel?

—Oh, no, seguramente ha sido mi hermana –dijo el ratón.

Y corrió a subirse al árbol.

—Muy bien –dijo Lanas–. Destrozaré toda la madriguera.

Y cavó, cavó y cavó hasta que vio un ratón sentado sobre el montón que formaba su pelo.

—¿Has sido tú el que ha robado mi piel?

—Oh, no, yo simplemente la estoy guardando –dijo el ratón.

Y corrió a subirse al árbol donde estaban los otros dos.

Lanas gritó:

—¡No os escaparéis, os cazaré enseguida!

Pero antes fue a buscar cola, se la echó en el lomo y se revolcó en el montón de pelo. Y para que se pegara mejor todavía, frotó el lomo contra una piedra plana. Lamentablemente, también la piedra se quedó pegada, y más se pegaba cuanto más se revolcaba, así que no pudo deshacerse de tan pesada carga.

—¡Mirad lo que habéis conseguido! –gritó a los ratones–. ¡Mirad lo que parezco!

—¿Qué pareces? –preguntaron los ratones.

—¿Qué parezco? ¿Qué parezco? *Parezco peligroso y terrible.*

—¿Tú crees? –dijeron los ratones–. A nosotros nos pareces más bien una tortuga, pero no precisamente peligrosa ni terrible.

Los ratones se bajaron del árbol y pasaron tranquilamente por delante de Lanas, que no podía correr tras ellos por culpa de la pesada piedra que llevaba pegada al lomo.

—¿Y qué pasó con Lanas? –pregunta Míster–. ¿Le creció el pelo de nuevo y volvió a estar bien? No es que me importen mucho los gatos, pero lo siento por él.

—Ya... y ahora lo vas a sentir por ti.

—¿Por qué?

—Porque ahora tienes que bajarte del sofá.

—¿Sabes una cosa? –dice Míster–. ¿Has pensado alguna vez que, si me revuelco bien por el barro y por la pocilga de un cerdo, puede suceder que me case con una princesa? Entonces ella, tú y yo podríamos vivir en un castillo.

—No, no lo he pensado nunca.

—Pues deberías pensarlo, en vez de andar todo el tiempo empeñado en bañarme.

Por las mañanas, cuando me despierto, porque el sol me da en los ojos o porque una mosca da vueltas por mi nariz, me levanto, despierto a Míster y voy a dar un paseo con él. Es algo a lo que me he acostumbrado, pues, si no lo saco de paseo, se planta en la puerta y se pone a ladrar y a lamentarse, y no sirve de nada que yo abra y le pregunte si quiere salir, ya que no responde.

—¿Quieres salir? –le pregunto.

—No se trata de mí, sino de si tú quieres salir –dice él.

—Yo no quiero ir a ninguna parte. Llueve demasiado.

Míster se da un paseo por la sala, suspira profundamente y se vuelve a plantar delante de la puerta.

—Te voy a dejar salir –le digo.

Entonces abro la puerta, él mira a la calle, me mira a mí y suspira.

—¿De verdad quieres salir con un tiempo tan asqueroso?

—Sí –dice.

No sé por qué le hago caso, pues tan pronto como estamos en la calle, Míster desaparece como un rayo. Salta por el campo y corre tras un gorrión o una alondra. Míster corre detrás de todo lo que se mueve, ya sean mariposas, abejas, pájaros, liebres u hojas que vuelan por el aire. Corre bastante rápido. Pero la cosa siempre acaba con que la liebre escapa y él se queda parado en medio del campo todo desconcertado. Los pájaros también lo dejan frustrado. Vuelan delante de sus narices y, cuando salta para atraparlos, se elevan en el aire y nunca logra alcanzarlos.

—¡Míster, ven aquí! –le grito–. Si quieres dar un paseo, has de venir a mi lado.

—Bueno, vale.

Entonces, me sigue un trecho y desaparece de nuevo. Así que finalmente yo doy mi propio paseo, y Míster, el suyo. Algunas veces, cuando llego de vuelta a casa, él ya está esperando delante de la puerta, empapado y sucio. Se ha revolcado en el barro o se ha metido en algún charco, y está temblando de frío.

—¿Dónde te has metido? –me pregunta–. No te encontraba por ninguna parte.

—No digas tonterías –le digo–. Te has escapado y era yo quien no te encontraba a ti.

—Bueno, pero podrías haberme esperado.

—¿Esperarte? –le digo–. ¿No me has oído llamarte a gritos?

—No, lo siento, no te he oído –dice él–. Pero no sé cómo te las arreglas, que siempre que vamos de paseo desapareces.

—¿Sabes una cosa? –le digo–. Lo que tú eres es un caradura.

- -Quizá..., pero no soy el animal más caradura del mundo.

—No, pero te acercas mucho. Eres casi tan espabilado e insolente como la musaraña.

—Ay, ay, háblame de ella.

—Muy bien, pero sólo si te dejas bañar mientras te lo cuento.

Entonces, lo meto en la bañera y empiezo a hablar.

LA MUSARAÑA ESPABILADA

Había una vez un elefante y un tigre que estaban apostando quién podía dar más voces. El tigre decía:

—Puedo rugir tan fuerte que hago caer las hojas del cocotero.

—Y yo puedo barritar con tal fuerza que hago caer hasta los cocos –dijo el elefante.

—Eso también puedo hacerlo yo –aseguró el tigre.

—¿Qué nos apostamos? –dijo el elefante.

—Eso, ¿qué nos apostamos? –dijo el tigre–. Ya está: si ganas tú, me aplastarás con las patas; y, si gano yo, te comeré.

—De acuerdo –asintió el elefante–. Y si tú puedes hacer caer las hojas y yo barrito con tal fuerza que se caen los cocos, seremos buenos amigos, ¿aceptas?

—Sí –dijo el tigre–. Empieza tú.

El elefante se llenó los pulmones de aire y lanzó un barrito tremendo, pero los cocos no cayeron.

—Prueba otra vez –le animó el tigre.

El elefante se llenó los pulmones todavía más que la vez anterior. Se llenó el vientre de aire, y las patas, y no sé qué cosas más. Se hinchó tanto que parecía a punto de reventar. Y cuando iba a lanzar un barrito tremendo, un mosquito inoportuno se le metió en la trompa y en vez de un ruido enorme, soltó un *ACHÍS*, y aunque fue el *achís* más potente del mundo, los cocos no cayeron y las hojas siguieron como si nada en el cocotero.

—Lo siento –dijo el elefante–, pero creo que me he resfriado algo.

—¿Quieres probar otra vez?

—No, prueba tú ahora –dijo el elefante, pues creía que tampoco el tigre sería capaz de hacer lo que había dicho.

El tigre cogió un montón de aire. Inspiró

e inspiró, y aumentó de tamaño hasta ser casi tan grande como el elefante. Tenía un aspecto VERDADERAMENTE TERRIBLE. Y soltó todo el aire con un tremendo GRRRRRRR, que resonó en toda la selva e hizo caer las hojas y los cocos.

—Ha sido verdaderamente fuerte –afirmó el elefante.

—Sí –dijo el tigre–, y ahora voy a comerte.

—Sí –dijo el elefante mientras le rodaban las lágrimas por la cara–. Ya que ha de ser así, dame un par de días para que vaya a casa a despedirme de mi familia.

—Naturalmente –dijo el tigre–. Te doy cinco días, y al quinto día iré a tu casa y te comeré.

El elefante se fue a su casa, llorando todo el camino de tal forma que su mujer lo oyó desde lejos.

—¿Qué te sucede, esposo mío? –le preguntó.

—Que he apostado y he perdido –le explicó el elefante–, y dentro de cinco días vendrá el tigre a comerme.

—Eso no me gusta nada –dijo la elefanta–. Pero creo que conozco a alguien que nos puede ayudar. La pequeña musaraña siempre encuentra soluciones.

La musaraña vivía entre las raíces de un gran árbol. Normalmente dormía hasta el mediodía, pero ahora estaba despierta porque había oído el llanto del elefante.

—¿Qué es lo que sucede, grandullón? –preguntó.

—He apostado y he perdido, y dentro de cinco días vendrá el tigre a comerme.

—No te preocupes por eso, ya encontraré una solución, y se echó a dormir otra vez.

El día siguiente, y el siguiente, y el siguiente, el elefante fue a visitar a la musaraña, y ella le decía siempre lo mismo:

—Vuelve a casa y juega con tus hijos, ya encontraré una solución.

El quinto día, el tigre estaba a punto de llegar, cuando llegó la musaraña con un gran tarro de miel.

—Túmbate de espaldas –le dijo al elefante–, porque te voy a untar de miel.

El elefante se tumbó patas arriba y la musaraña lo dejó todo pringoso.

—Cuando llegue el tigre, yo empezaré a lamerte la miel, pero has de prometerme que chillarás con todas tus fuerzas, para que crea que te estoy comiendo a ti.

Poco después, oyeron llegar a alguien y la musaraña empezó a comerse la miel. El elefante gritó como si estuviera desesperado:

—¡Socorro! ¡Socorro! La musaraña me está comiendo.

Pero no era el tigre el que había llegado, sino un mono grande que a punto estuvo de morir de risa.

—Una musaraña comiendo un elefante –dijo–. Es lo más tonto que he oído en mi vida.

Entonces, la musaraña le gritó:

—¡Mucho cuidado conmigo, amiguito, si no quieres que te coma a ti también!

El mono se asustó y pidió clemencia:

—¡Oh, no; yo no te he hecho nada!

—Eso a mí no me importa –dijo la musaraña–. Si no cazas dos tigres y me los traes, te comeré a ti en su lugar.

El mono echó a correr todo lo que pudo, y en medio de la selva se encontró con el tigre, que iba a comerse al elefante.

—Eh, ¿adónde vas con tanta prisa? –preguntó el tigre.

—Escapo de la musaraña –dijo el mono–. Y tú deberías hacer lo mismo, porque me ha pedido que le cace dos tigres para tomarse de postre, cuando haya acabado de comerse al elefante.

—¡Qué atrevimiento! –rugió el tigre–. Como si tú pudieras cazarme. Pero prepárate, porque primero voy a comerte a ti, y luego me comeré al elefante –y dio un salto enorme.

El mono volvió a todo correr, perseguido por el tigre.

¿Crees que la musaraña se asustó al verlos? Ni mucho menos, tan sólo gritó:

—¿Qué es esto? Te he dicho que me trajeras dos tigres y sólo traes uno.

Al oír aquello y ver al elefante patas

arriba, el tigre se asustó, pues pensó que aquella musaraña debía de tener una fuerza tremenda y que sería mejor salir corriendo, no fuera a ser que se lo comiera a él también. Corrió y corrió hasta perder el rumbo y llegar a otro país, donde se prometió no regresar jamás.

La musaraña y el elefante celebraron una verdadera fiesta. Fue una fiesta con miel y cocos, pues el elefante se había alegrado tanto que lanzó un enorme barrito con la trompa y se cayeron todos los cocos de la palmera.

—¡Rápido, rápido, rápido –dice Míster–. Rápido, rápido!

—Rápido, ¿qué? –le pregunto.

—Cuéntame rápido otra historia.

EL ZORRO, EL LEÓN Y EL CAMELLO ENTERRADO

Había una vez un mercader que llevaba años viajando y estaba cansado. En su viaje había comprado y vendido, cambiado y negociado con objetos y dinero, y en su camello llevaba una bolsa de cuero repleta de oro.

Mientras recorría el desierto, iba haciendo muchos planes. Quería construir una casa grande, donde pudiera vivir toda su familia: hermanos, hermanas, tíos, tías, primos y primas. Y él se encargaría de que comieran manjares deliciosos todos los días.

De pronto empezó a levantarse el aire, un aire cargado de arena. Se le metía arena en los ojos, en las orejas y en la boca, lo mismo que al camello; así que tuvo que pararse, ya que de aquella forma no podía ir a ninguna parte.

El viento soplaba, soplaba y no dejaba de soplar. El hombre y el camello se tumbaron y no tardaron en quedarse dormidos, mientras la arena se iba amontonando sobre ellos.

A la mañana siguiente, todo estaba en calma y el sol brillaba en lo alto. El hombre se despertó bajo un manto de arena; sólo le sobresalía la nariz. Pensó en seguir su camino inmediatamente, pero el camello había desaparecido. ¿Se habría marchado? ¿O tal vez estaría profundamente enterrado con todo su dinero? Excavó con las manos, porque aquello era todo lo que tenía. Excavó, excavó y excavó, pero del camello no había ni rastro. Había desaparecido.

Lo único que encontró fue una piedra pulida de color rojo con manchas azules. Se la metió en el bolsillo sin pensar en lo que hacía.

El sol era abrasador y a su alrededor no veía más que arena. Era igual el camino que siguiera, pero tenía la impresión de que había una dirección que era mejor que las otras, y la siguió. A media tarde comprobó que había acertado, pues llegó a un pequeño oasis de palmeras, donde había una fuente en la que calmar la sed, y también encontró bayas para comer. Se subió a una palmera y se acostó entre sus palmas para dormir un poco, pero no se dormía pensando en lo extraño de su vida.

Un par de días atrás era un hombre rico, y ahora no tenía nada. Por la mañana había estado a punto de morir de hambre y sed, y el sol casi lo había abrasado, y ahora, en cambio, estaba acostado a la sombra y no tenía ni hambre ni sed. Por la mañana había llorado, y ahora se sentía casi feliz.

Al pensar en todo aquello, pensó también en el dinero que había perdido y en la casa que ya no podría construir, y volvió a llorar. Pero de pronto vio algo que le hizo olvidar el motivo de su llanto. Por el suelo se acercaba arrastrándose un pequeño zorro. Tenía las patas traseras paralizadas, por lo que se arrastraba sólo con las delanteras. De todas formas, parecía alegre y satisfecho, y se veía fuerte y saludable. Su piel rojiza estaba lustrosa y suave, y tenía una hermosa cola. En pocas palabras, daba la impresión de ser un zorro sano y ágil capaz de cazar cuanto quisiera comer, a pesar de ser un zorro inútil de las patas traseras y que apenas podía andar.

¿Cómo podía ser aquello?

El mercader vio entonces que el zorro introducía la parte trasera de su cuerpo en un agujero que había en una palmera y se disponía a esperar. No se sabía lo que esperaba, pero estaba totalmente inmóvil, como si tuviera mucho tiempo por delante.

Empezaba a anochecer y no sucedía nada. Entonces se oyó un rugido y apareció un león enorme arrastrando el ciervo que había cazado. Lo soltó delante de la palmera donde se había escondido el zorro y comenzó a comer. La oscuridad era cada vez mayor y, cuando el león ya no pudo más, se metió entre unos matorrales para echarse a dormir.

Tan pronto como el león desapareció, el zorro salió de su escondrijo y se puso a comer la carne que quedaba en los huesos del ciervo. El mercader pudo oír durante toda la noche cómo el zorro roía y masticaba. "Es estupendo –pensó–, así es como se debería vivir. El zorro sabe arreglárselas de verdad. No pide mucho, se conforma con lo poco que deja el gran león. Si viviéramos todos así, el mundo sería mucho mejor; nadie tendría que robarle nada a nadie, pues habría suficiente para todos."

A la mañana siguiente, el zorro había desaparecido y el león se había ido de caza. El mercader bajó de la palmera, bebió un poco de agua, comió unas bayas y reemprendió su marcha. A eso del mediodía, llegó a una gran ciudad, donde decidió quedarse, pues para un hombre pobre todos los sitios son iguales. "Lo mismo puedo vivir en un lugar que en otro", pensó.

Y cuando pasó por delante de la casa de un rico, se sentó y se apoyó contra la pared. Ahora viviría igual que el zorro. No pediría nada, simplemente se conformaría con lo poco que consiguiera. El hombre rico seguramente se fijaría en él y le daría algunos restos de su comida, pensó. Con un poco de comida cada día, se conformaría.

Pasó un día, otro día y otro, pero el hombre rico no se había fijado en absoluto en él, pues no le había ofrecido ni siquiera una cáscara de huevo.

"Qué extraño, ¿no se habrá dado cuenta ese rico de que tengo hambre? Debería darle vergüenza."

Y pasó otro día, y el mercader estaba tan hambriento que casi no podía levantarse. Estaba hambriento y dolido. Aunque mejor sería decir que estaba furioso. Sí, estaba furioso por el comportamiento del rico, ya que, de ser él, habría construido una casa para su familia y dado de comer a los pobres todos los días.

Justo en ese momento se escuchó un trueno tremendo y una voz potente le habló desde el cielo:

—No seas idiota, ¿por qué has elegido vivir como el zorro? ¿Por qué no vives como el león, tú que eres ágil y fuerte?

—Ajá –dice Míster–, seguro que eso le dio que pensar.

—Sí, seguro que aprendió algo.

—Ya; hay que ser listo como el zorro, pero vivir como el león –añade Míster–. Eso es justo lo que yo hago, y eso que soy un perro. Ahora, dime, ¿qué le sucedió después al mercader?

¿Qué le sucedió? Sí, veamos lo que le sucedió. Pues se puso en pie y se alejó de la casa del rico, pensando en lo que podía hacer. Buscó en los bolsillos para ver si le había quedado alguna moneda, pero lo único que encontró fue la piedra roja con manchas azules, y descubrió que las manchas habían crecido, de forma que la piedra era ahora más azul que roja. "¿Qué es esto? –pensó–. Una piedra viva. Seguro que puede venderse."

En eso tenía razón. Y como era mercader, sabía lo que había que hacer, y vendió la piedra. Luego, volvió al lugar de donde la había sacado, encontró más piedras hermosas de todos los colores posibles y también las vendió en el mercado de la plaza. Y un día, tiempo después, encontró también el lugar donde estaba enterrado el camello con toda su fortuna, pero para entonces ya era un hombre rico y con una casa grande, donde los pobres podían ir a comer todos los días.

—Bueno, sé de alguien que también tiene hambre –dice Míster.

—Bien, pero ¿qué piensas de las historias de animales escritas por los hombres? –le pregunto.

—Nada, sólo que tratan de hombres y no de animales –responde Míster.

—Ya, pero si tú, que eres un perro, me contaras una historia de hombres, seguro que en realidad trataría de perros –le digo.

—No está tan claro –dice Míster–. De todas formas, yo no sé ninguna historia, así que no viene a cuento hablar de eso.

Míster se sube a una de las sillas del comedor para ver cómo preparo la mesa. Estoy esperando con impaciencia la llegada de un amigo; va a ser una tarde muy agradable.

—¿Por qué hay solamente dos platos? –pregunta Míster.

—Porque seremos solamente dos, mi amigo y yo –le digo–. Él se sentará ahí, y yo, aquí.

—¿Y yo? –pregunta Míster.

—Tú comerás en tu cuenco, te acostarás en tu cesto y nos mirarás.

—¿Lo estás diciendo en serio? –se asombra Míster.

—Sí, porque mi amigo y yo tenemos muchas cosas que decirnos y no queremos que nos molesten.

—¿Molestar? ¿Molesto si estoy sentado en una silla tranquilamente, comiendo mi comida sin decir ni una palabra?

—No, pero sé perfectamente que tú no puedes estar callado, y mi amigo y yo no nos reunimos para hablar de ti. Lo hacemos para hablar de nosotros y no queremos que nos molestes. Hace mucho que no nos vemos. Además, no estoy muy seguro de que le gusten los perros sentados a la mesa.

Míster suspira y se tumba delante de la puerta del jardín. Mira al frente, pero estoy seguro de que no ve nada: está tristón.

—Míster, ven aquí –le propongo–. Siéntate conmigo, que vamos a hacer como si fueras mi invitado. Te contaré una historia.

—¿Sobre perros?

—No, porque, según tú, no entiendo de eso. Te contaré una historia de hombres.

—¿Sobre un perro? –repite él.

—No, sobre dos personas.

TRES DESEOS

Había una vez dos personas, una mujer y un hombre, que vivían juntos y felices en un pequeño pueblo. Les gustaba hablarse, amaban sus rostros y eran capaces de pasarse horas mirándose a los ojos con una sonrisa. Rara vez se cruzaban sin acariciarse en la mejilla.

Solamente tenían un problema, y es que eran muy pobres y no todos los días conseguían comida. Un día tenían dos patatas que querían cocer y el hombre salió a buscar leña para hacer fuego en la cocina. No tenían árboles propios, pero en las afueras del pueblo había un bosquecillo donde se podían encontrar ramas. Así que allí se fue.

Pero, cosa extraña, tardó mucho en volver, y al llegar a casa tenía una expresión rara en su mirada.

—¿Qué te ha sucedido, amado mío?

—Buf, es difícil de explicar, y si te lo cuento seguro que no vas a creerme.

—Cuéntamelo –propuso ella.

El hombre guardó silencio un rato mientras sacudía la cabeza y luego dijo por fin:

—Cuando he ido al bosque, me he encontrado con que el camino estaba embarrado, debido a la lluvia de estos días, y en mitad del barro había una pequeña carroza tirada por dos caniches blancos. La carroza se había atascado y, por mucho que los perros tiraban y tiraban, no podían moverla. Entonces, me he acercado para ayudarlos, ¿y sabes lo que he visto?

—No –dijo la mujer.

—He visto una princesa diminuta dentro de la carroza. No era mayor que una muñeca. Vestía un atuendo precioso y su voz era suave y delicada como el canto de un jilguero. "Ayúdame –me ha dicho–, pues, si me bajo, mi vestido se ensuciará de barro." Al principio me he asustado, ya que no sabía si una princesa tan diminuta era buena o mala. De todas formas, he sacado la carroza del barro y la he dejado en tierra firme. La princesita ha asomado la cabeza por la ventana y me ha preguntado: "¿Quién eres y dónde vives? ¿Eres rico?". No, le he dicho; vivo en ese pueblo y no hay nadie más pobre que mi esposa y yo. "Si estás casado, le concederé a tu esposa tres deseos, y lo que pida se cumplirá", y la princesa ha seguido su camino.

—¿No creerás en esas cosas? –le dijo ella.

—Bueno, no sé si creerlo o no, pero todo lo que te estoy contando es cierto –respondió el hombre.

—Pues, por si es cierto, desearía que tuviéramos una salchicha tan grande que pudiéramos comer de ella el resto del año.

Y no había acabado de decir aquello, cuando por la ventana entró la salchicha más grande que se pueda imaginar, y crecía y crecía, cubriendo el suelo, y las paredes, y el techo.

El hombre dio un salto para atrapar la salchicha y de un golpe volcó la olla del agua. El único fuego que tenían se apagó en el acto.

—Oh, qué torpe –dijo su esposa–. Ojalá se te pegue la salchicha a la nariz.

No debía haber dicho aquello, pues la salchicha se pegó a la nariz del hombre, dándole un aspecto horrible. La mujer se echó a llorar.

—¿Qué he hecho? Ahora ya se han cumplido dos de los deseos.

—Dile a la salchicha que me suelte –rogó el hombre–. Es tan pesada que me da dolor de cabeza.

—No puedo hacer eso –lloró ella–, porque entonces gastaría el último deseo.

—Hazlo, hazlo –rogaba el hombre–. ¿Quieres que ande por ahí con esta enorme salchicha pegada a la nariz?

Y la mujer se puso a pensar en lo mucho que le gustaba el rostro de su querido marido y deseó que la salchicha se soltara, e inmediatamente ésta cayó al suelo. Entonces, se miraron los dos y se dijeron:

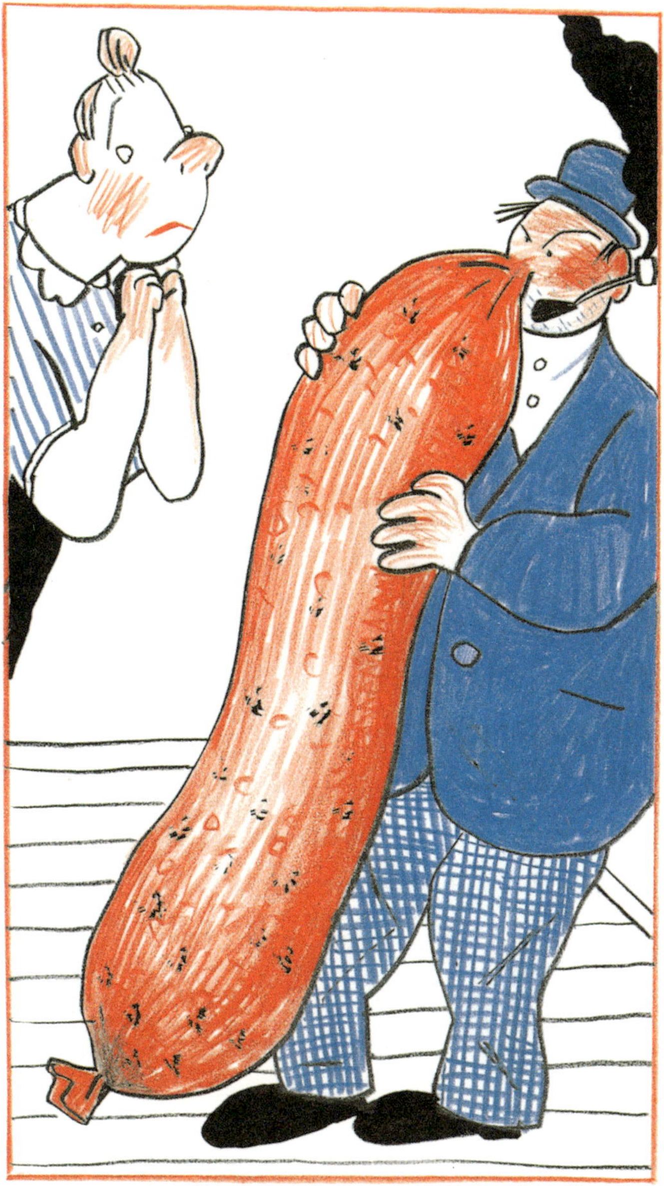

—¿Qué haremos ahora?

Después de hablarlo un rato, comprendieron que sólo sus nervios y sus peleas habían sido la causa del incidente. Se besaron y cocinaron una estupenda comida con la salchicha, que era tan enorme que les dio para comer todo el año.

—Bueno, al menos hay alguien que lo pasa bien –comenta Míster.

—Y también hay alguien, y no quiero decir el nombre, que debe acostarse en su cesto y mirar cómo otros comen –digo yo.

De pronto, Míster empieza a moverse inquieto como un perro guardián.

—¿Qué pasa? –le pregunto.

—Puede que haya alguien fuera –dice él.

—¿Y si no hay nadie?

—Entonces, no habrá nadie a quien ahuyentar –dice Míster.

—Mira, ya te he dicho que no quiero un

perro guardián –le digo–. Deja de comportarte de esa forma.

—¿Hay alguien fuera?

—No lo sé, pero da la impresión de que sí.

En ese momento, se abre la puerta y entra mi amigo. Míster mueve de tal forma el rabo que sacude todo el cuerpo. Está gracioso, y mi amigo dice:

—Tienes un perrito muy simpático.

De pronto, Míster ya no sabe hablar, sólo hace esos sonidos típicos de los perros pequeños y su rabo se mueve como una vara azotada por el aire.

—Parece que le gustas.

—A lo mejor está un poco inquieto porque no me conoce –dice mi amigo–. Pareces un perrito muy simpático...

—Bueno, sí, a veces lo es –acepto yo.

Míster mueve el rabo y ladra como un cachorrillo, y no deja de lamer la mano de mi amigo.

—Bueno, Míster, querido –le digo–, ahora tienes que irte a tu cesto.

—¿Lo comprende? –pregunta mi amigo.

—Fif, fif –hace Míster, y brinca a sus pies.

—Sí, lo comprende todo –respondo yo–, aunque a veces no está de acuerdo.

Mi amigo sonríe y dice:

—Hablas de él como si se tratara de una persona.

Tengo que reconocer que es cierto. Y no sólo que hablo de él, sino que incluso hablo mucho con él, porque es mi pequeño amigo, mi colega.

—Anda, vete a tu cesto y déjanos solos –le repito a Míster.

Y lo hace; pero mientras comemos, se va acercando sigilosamente a rastras hasta la mesa mientras se relame el hocico. Mi amigo lo sube a una silla y le da la mitad de su filete. De esa forma, Míster consigue lo que quería y yo tuerzo el gesto.

Al día siguiente hace lo de siempre, se sube a mi cama, a pesar de que yo haya cerrado la puerta de la habitación. Pero él ha saltado hasta la manilla y ha conseguido abrir. El muy sinvergüenza.

—Buenos días, ¿has dormido bien? –me pregunta.

—Ah, ¿hoy ya puedes hablar? ¿Ya no eres un perro simpático?

—No sé de qué estás hablando –dice Míster.

—¿No simulabas ayer que eras un cachorrillo?

—¿Ayer? Lo siento, pero no me acuerdo. Hace tanto tiempo de eso.

—¿No ladrabas como un cachorrillo y olvidaste cómo se habla? ¿No recuerdas nada?

—Ah, dices ayer... –Míster mete el hocico entre los pliegues de la manta y susurra–: Ayer... es posible, pero no lo recuerdo muy bien.

—Eres *imposible* –le digo–. Creo que eres simpático, pero sólo cuando a ti te parece. Casi siempre eres un descarado, un sinvergüenza y un atrevido.

—Qué sabrás tú de perros –dice Míster–. Crees que lo sabes todo, pero ni siquiera conoces bien a tu amigo. ¿Qué habría dicho si hubiera oído hablar a un perro? Seguramente se habría quedado perplejo por la sorpresa, o quizá habría pensado alguna cosa rara que ni a ti ni a mí nos habría gustado.

—¿Qué cosas, si puede saberse?

—No lo sé –responde Míster–. Pero a lo mejor pensaba que un perro que habla debería estar en la televisión... o en el circo.

—Pues eso no estaría tan mal –le digo.

—Pero yo no soy ninguna estrella de la televisión, ni tú eres un payaso de circo.

—No, eso es cierto. Supongo que es mejor que guardemos eso para nosotros solos.

—Sí, cuando estamos solos lo pasamos bien –dice Míster–. Sólo tú, yo y unas hamburguesas.

—¿Hamburguesas? –le pregunto.

—Claro –dice Míster–. De algo tenemos que vivir.

Míster es así. Primero es un fresco que hace lo que le viene en gana y luego quiere que lo mimen, y, por si eso no fuera suficiente, siempre está pensando en comer.

—Lo creas o no, aquí no hay hamburguesas, y cuando sea la hora de comer, y ni un minuto antes, comerás lo que haya en tu cuenco, y puedes comerlo o dejarlo. Tú verás.

—Cualquiera diría que eres el rey de la casa –dice Míster.

—Si yo soy el rey, tú eres un mirlo –le digo.

—¿De dónde has sacado esa idea? –pregunta Míster.

—De un cuento, y, si te portas bien, te lo contaré.

LA VENGANZA DEL MIRLO

Había una vez un mirlo que cantaba tan bien que la gente viajaba desde muy lejos para escucharlo. Entonces, el rey decidió que tenía que cazarlo y meterlo en una jaula para oírlo todos los días.

Dos cazadores fueron por él con una gran red, pero en ese momento el mirlo no estaba en su nido y, por error, atraparon a su amada esposa, que no había soltado una nota en toda su vida.

Cuando el mirlo llegó a su casa y descubrió que los cazadores del rey habían atrapado a su amada, se enfureció y decidió declarar la guerra. Encontró la afilada espina de una rosa y se la ató al cuello con una hebra que tenía en el nido. Luego, se hizo una armadura con la piel curtida de una serpiente y se puso la mitad de la cáscara de una nuez en la cabeza como un casco. A la otra mitad de la cáscara le ató una piel e hizo un tambor. Tan pronto como acabó con los preparativos, emprendió la marcha tocando el tambor y gritando:

—¡GUERRA, GUERRA! ¡GUERRA AL REY!

Por el camino encontró a un gato.

—¿A quién has declarado la guerra, general Mirlo? –preguntó el gato.

—Al rey, para castigarlo –dijo el mirlo–. Ha hecho prisionera a mi amada.

—Voy contigo –decidió el gato–, pues el rey hizo ahogar a mis hijitos.

—Muy bien, métete en mi oreja –dijo el mirlo.

El gato penetró en la oreja del mirlo, se hizo un ovillo y se echó a dormir.

Un poco más adelante, el mirlo encontró mil hormigas que andaban de un lado para otro desorientadas y nerviosas.

—¿A quién has declarado la guerra, general Mirlo? –preguntaron.

—Al rey, para castigarlo, porque tiene prisionera a mi amada.

—Vamos contigo –decidieron las hormigas–, pues el rey metió un bastón en nuestro hormiguero y lo destruyó.

—Meteos en mi oreja –dijo el mirlo.

Las hormigas lo hicieron.

No lejos del castillo del rey, el mirlo tenía que sobrevolar un río.

—¿A quién has declarado la guerra, general Mirlo? –preguntó el río.

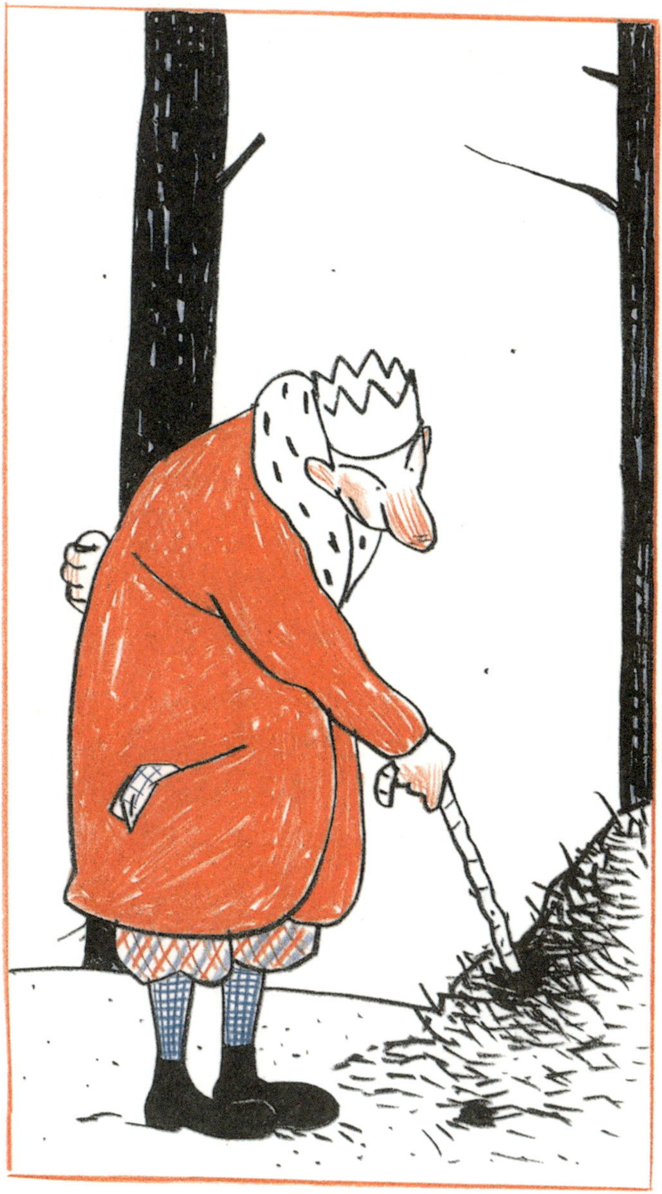

—Al rey, para castigarlo –dijo el mirlo–, porque tiene prisionera a mi amada.

—Voy contigo –dijo el río–, pues el rey ha manchado mis aguas claras con las sucias de su colada y su fregadero y muchas otras porquerías que salen de las cloacas del castillo.

—Muy bien, métete en mi oreja –dijo el mirlo.

Y todo el río se metió en la oreja del mirlo, que ahora ya estaba llena a rebosar.

El mirlo llamó a la puerta del castillo y el guardián abrió.

—¿Quién eres y qué quieres? –preguntó.

—Soy el general Mirlo, y vengo a buscar a mi esposa y a castigar al rey.

El guardián miró al pequeño pájaro y a punto estuvo de morir de risa, pero de todas formas lo llevó a presencia del rey, que casi se cayó del trono al oír de qué asunto se trataba.

—Métemelo en el gallinero –dijo el rey–,

para que las gallinas lo picoteen hasta matarlo.

Y eso hizo el guardián. Pero tan pronto como se cerró la puerta, el general Mirlo gritó:

—¡Gatito, gatito, sal y que tengas una buena comida!

Y ¡zas!, el gato salió y se comió a todas las gallinas. Al día siguiente, el rey fue a ver lo que había sucedido y se enfureció.

—Mete a ese impertinente en el establo para que lo pisoteen los caballos.

Y eso hizo el guardián. Pero, tan pronto como se cerró la puerta del establo, el mirlo gritó:

—¡Salid, hormigas, y poneos en formación de ataque!

Enseguida salieron todas las hormigas, que subieron por las patas de los caballos y les picaron en las orejas, en el hocico y en cualquier lugar que hiciera daño. Los caballos se encabritaron, tropezando unos

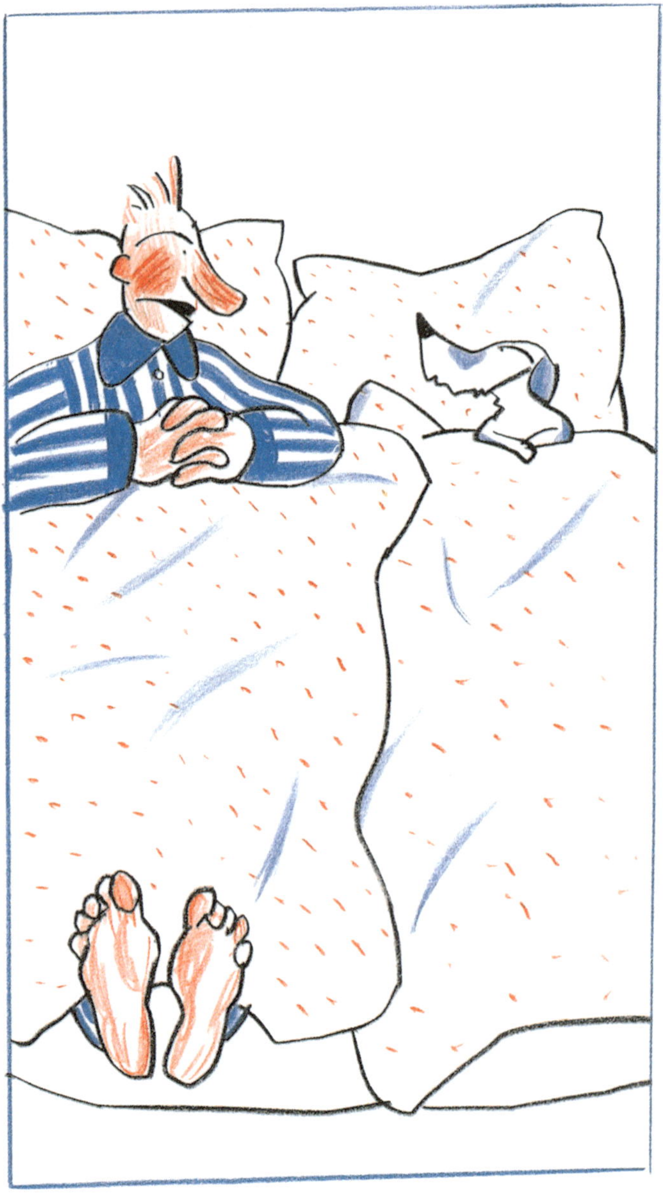

con otros, hasta que finalmente derribaron las puertas del establo y escaparon corriendo.

Cuando el rey fue a ver lo que había sucedido, el mirlo estaba en medio del suelo batiendo su tambor mientras gritaba:

—¡GUERRA, GUERRA! ¡GUERRA AL REY!

—¡Cogedlo y matadlo! –gritó el rey.

Pero, entonces, el mirlo gritó:

—Sal, gran río, y arrasa con tus aguas el castillo hasta que quede bien limpio.

Y el gran río salió como un torrente de la oreja del mirlo, arrasó con sus aguas el castillo y arrastró al rey y a todos los soldados hasta el mar, donde se ahogaron.

El mirlo liberó a su amada de la jaula y la besó en ambas mejillas. Luego, se quedaron a vivir para siempre en el castillo.

—Otra típica historia de hombres –dice Míster–. ¿La has inventado tú?

—No, es una vieja historia de la India.

—Ah, es una vieja historia india de hombres. Los animales no somos así. A nosotros nos cazan, nos maltratan y molestan, nos meten en jaulas e, incluso, a algunos les disparan, los matan y los comen. Y nosotros, a cambio, no hacemos nada.

—Sí, supongo que es una pena, pero ¿crees realmente que a ti te maltratan y molestan?

—Según se mire –dice Míster–; lo cierto es que me duele que en la nevera queden dos hamburguesas que podríamos habernos comido.

Índice

Buenos modales 27
La lección de canto 31
Los cuatro amigos 36
El cerdo y la princesa 48
*El pájaro que recibió el consejo
  adecuado* 54
Lanas y los tres ratones listos 61
La musaraña espabilada 71
*El zorro, el león y el camello
  enterrado* 79
Tres deseos 90
La venganza del mirlo 102